Chers amis rongeurs,
bienvenue dans le monde de

# Geronimo Stilton

*Texte de* Geronimo Stilton.
*Coordination des textes de* Isabella Salmoirago
*Coordination éditoriale de* Patrizia Puricelli. *Édition d'* Alessandra Rossi.
*Coordination artistique de* Roberta Bianchi.
*Assistance artistique de* Lara Martinelli *et* Tommaso Valsecchi.
*Couverture de* Giuseppe Ferrario.
*Illustrations intérieures de* WASABI ! Studio *(graphisme) et*
David Turotti *(couleurs). Cartes* : Archivio Piemme.
*Graphisme de* Merenguita Gingermouse *et* Yuko Egusa.
*Traduction de* Titi Plumederat.

Ce livre est dédié au mythique Peter Holeinone et à ses amis Soury Sourilien et Souril Sourin.

**www.geronimostilton.com**

Pour l'édition originale :
© 2008 Edizioni Piemme SPA – Via Galeotto del Carretto, 10 – 15033 Casale Monferrato (AL) – Italie
sous le titre *Il furto del diamante gigante*
Pour l'édition française :
© 2009 Albin Michel Jeunesse – 22, rue Huyghens – 75014 Paris – www.albin-michel.fr
Loi 49 956 du 16 juillet 1949 sur les publications destinées à la jeunesse
Dépôt légal : second semestre 2009
N° d'édition : 18470
ISBN-13 : 978 2 226 18968-4
Imprimé en France par l'imprimerie Clerc à Saint-Amand-Montrond

Stilton est le nom d'un célèbre fromage anglais. C'est une marque déposée de Stilton Cheese Maker's Association. Pour plus d'information, vous pouvez consulter le site www.stiltoncheese.com

# Geronimo Stilton

## QUI A VOLÉ
## LE DIAMANT GÉANT ?

ALBIN MICHEL JEUNESSE

## GERONIMO STILTON
SOURIS INTELLECTUELLE,
DIRECTEUR DE *L'ÉCHO DU RONGEUR*

## TÉA STILTON
SPORTIVE ET DYNAMIQUE,
ENVOYÉE SPÉCIALE DE *L'ÉCHO DU RONGEUR*

## TRAQUENARD STILTON
INSUPPORTABLE ET FARCEUR,
COUSIN DE GERONIMO

## BENJAMIN STILTON
TENDRE ET AFFECTUEUX,
NEVEU DE GERONIMO

# CE JOUR-LÀ...

Ce jour-là, je rentrai du **TRAVAIL** plus tôt que d'habitude, à cinq heures de l'après-midi.
À cinq heures trente commençait un **MATCH** de foot avec mon équipe préférée, le Rattonia.
JE NE POUVAIS PAS RATER CELA !

Allez le Rattonia !

Oh, excusez-moi, je ne me suis pas encore présenté : mon nom est Stilton, *Geronimo Stilton* !

Je dirige *l'Écho du rongeur*, le journal le plus célèbre de l'Île des Souris !

Je disais donc que je rentrai chez moi à **cinq** heures de l'après-midi.

Au moment où j'ouvrais ma porte, le téléphone **sonna**. J'allai décrocher et reconnus la voix de mon ami Kornelius Van Der Kankoïe.

C'est un **AGENT SECRET** : son nom de code est Zéro Zéro K.

Surtout, ne le dites à personne, c'est un secret très secret très très secret !

Mais la communication était mauvaise et fut interrompue avant que j'aie pu comprendre ce qu'il me racontait. *Savoir ce qu'il avait à me dire !*

Je décidai de le rappeler plus tard, après le match que je ne voulais surtout pas rater.

Pour être plus à mon aise, j'enfilai mon **SURVÊTEMENT** jaune orné de l'écusson du Rattonia.

# ZÉRO ZÉRO K

**NOM:** Kornelius Van Der Kankoïe

**NOM DE CODE:** Zéro Zéro K

**PROFESSION:** agent secret pour le Gouvernement de l'Île des Souris.

**QUI EST-CE:** un ancien camarade de classe de Geronimo Stilton.

**SIGNES PARTICULIERS:** il porte toujours des lunettes de soleil, même la nuit, et un smoking hyperaccessoirisé!

**CURIOSITÉ:** il trouve toujours des moyens mystérieux et bizarres pour communiquer, parce qu'il ne veut pas que ses messages soient interceptés!

Je me préparai un $SANDWICH$ au triple fromage, une bonne part de tarte au roquefort, un grand verre de coulis de camembert... Puis je débranchai, dans l'ordre :

 **—LA SONNETTE DE LA PORTE D'ENTRÉE !!!**

*—le téléphone !!!*

 **—MON PORTABLE !**

**—LE FAX !!!**

 **—L'ORDINATEUR !!!**

ET JE FERMAI MÊME LES VOLETS POUR NE PAS ÊTRE DÉRANGÉ PAR LES BRUITS DE L'EXTÉRIEUR !

À cinq heures vingt-cinq, j'étais prêt, et même archiprêt !

Je m'installai dans mon fauteuil préféré et allumai la **TÉLÉVISION**.

Le présentateur annonça :

– Nous allons maintenant **RETRANSMETTRE** en direct le match le plus important de l'année, et *même* du siècle ! Le Rattonia Football Club et le Rongétorix Football Club se disputent le titre de **CHAMPION DE L'ÎLE DES SOURIS !**

Les deux équipes pénétrèrent sur le terrain au pas de course et **s'alignèrent** au centre.

Les hymnes des équipes retentirent... Tous les joueurs se serrèrent sportivement la patte, en se souhaitant :

– Que le meilleur **gagne** !

Puis ils échangèrent leurs fanions.

Il ne manquait que quelques secondes avant le coup d'envoi ! Quelle émotion !

Je m'égosillai :

– *Allez Rattonia ! Allez allez allez !*

C'est alors que j'entendis un bruit épouvantable :

# SBANG !!!

À cet instant, *pile à cet instant,* la porte d'entrée s'ouvrit brusquement.

Ou, pour être plus précis, elle fut complètement **DÉFONCÉE** !

Je me retournai, stupéfait, et découvris un rouleau compresseur qui fonçait sur **MOi** !

Chez **MOi** ! En écrabouillant **MeS** meubles !

Je hurlai, terrorisé :

– C'est q-quoi ?

Le ROULEAU COMPRESSEUR était conduit par un rongeur d'un certain âge, au pelage gris-fer et au museau décidé.

C'était mon grand-père, **Honoré Tourneboulé, alias Panzer** !

C'est ce fameux rongeur qui a fondé l'*Écho du rongeur* et m'en a ensuite confié la direction (et qui, une fois par semaine environ, MENACE de revenir diriger le journal si je ne me comporte pas bien !).

Je criai :

– Grand-père, pourquoi as-tu défoncé la porte ?

Il s'élança du rouleau compresseur avec une AGILITÉ étonnante pour son âge.

– Parce que tu ne répondais pas quand je sonnais à la porte !

*Tu ne répondais pas au téléphone !*

*Tu ne répondais pas sur ton portable !*

*Tu ne répondais pas au fax !*

*Tu ne répondais pas aux courriels !*

*Et j'ai même crié sous tes fenêtres !*

– Euh, si je n'ai pas répondu à la sonnette de la porte, au téléphone, au portable, au fax et aux courriels, c'est parce que je ne voulais pas être

DÉRANGÉ pendant que je regardais le match de foot et…

– Ah, j'oubliais, un ami à toi, un certain Van Der Kankoïe, m'a téléphoné. Lui aussi, il cherche à entrer en CONTACT avec toi.

J'étais intrigué : pourquoi Zéro Zéro K voulait-il à tout prix me parler ?

Grand-père soupira :

– Du foot ? Bah ! Le foot, c'est nul comparé au GOLF. Compris, gamin ?

Depuis qu'il a quitté l'*Écho du rongeur*, grand-père passe son temps à jouer au golf, et, dans ce domaine aussi, il veut atteindre la perfection absolue !

Il veut remporter toutes les compétitions !!

Il pense *toujours* et *seulement* et *uniquement* au golf !!!

Il empoigna ma télécommande,

se rua sur ma télévision,

# CARTE DE LA FÉDÉRATION DES GOLFEURS RONGEURS DE L'ÎLE DES SOURIS

**PRÉNOM** : Honoré, alias Panzer

**NOM** : Tourneboulé

**SURNOM** : Le Mythe vivant du Golf

**SES DEVISES** :
Un gruyère à dix-huit trous !
Qui tire lentement, tire sûrement !
Vise dans le mille !

**BRÈVE HISTOIRE PERSONNELLE**
Il a commencé à jouer très jeune, alors qu'il ne grignotait même pas encore les croûtes de fromage et ne mangeait que du fromage blanc !
Avec le temps, la précision de ses tirs est devenue légendaire.
Il a remporté plus de 50 tournois, dont 20 dans le RATON TOUR.
Il a également gagné l'Open de Sourisia en 2000.
Actuellement, il est président du Golf Club de Sourisia.

se vautra dans mon fauteuil,

grignota mon sandwich,

dévora ma tarte

et siffla mon coulis.

Sur l'écran, à la place du Stade de Sourisia, apparut l'image d'un terrain de golf.

Je protestai :

– Mais, grand-père, excuse-moi, le match va commencer !

– Gamin, le CHAMPIONNAT DE GOLF DU SOURIKISTAN va débuter. Ma télé ne marche pas, et je vais donc le regarder sur la *tienne*...

– Mais moi je veux regarder le match de foot !

Grand-père serra la télécommande entre ses dents :

– Pas question, gamin ! Pas touche à la zappette ! Et gare à toi si tu changes de C H A I N E !

Je téléphonai à tous mes amis, mais AUCUN d'eux ne répondit, ils avaient tous débranché le téléphone pour regarder le match de foot ! (*Les veinards !*)

J'appelai le bar du coin, pour savoir s'il avait prévu de diffuser le match, mais il était fermé.

Je pensai au téléviseur de l'*Écho du rongeur*, puis me souvins qu'il était **EN PANNE** !

Désespéré, j'appelai tous les magasins d'électro-ménager pour m'acheter une nouvelle télé, mais personne ne répondait : évidemment, ils étaient tous en train de **REGARDER** le match !

Bref, en cet instant, le seul qui ne regardait pas ce match historique, c'était moi.

*Pauvre de moi !*

En plus, et comme si cela ne suffisait pas, grand-père m'obligea à rester éveillé jusqu'à une heure avancée de la nuit, pour regarder le championnat de golf avec lui.

Pendant ce temps, tout Sourisia regardait le match de foot : de temps en temps, par la fenêtre, j'entendais les clameurs de la foule et je me demandais :

– Savoir si les joueurs du Rattonia ont fait une belle **action**...

C'était peut-être un coup de pied de réparation ?

Ou bien un coup franc ?

Ils ont marqué un BUT ?

Ce sont peut-être leurs adversaires qui ont marqué ?

Bref, c'était une véritable torture de ne pas savoir si mon équipe *gagnait* ou PERDAIT...

Quand grand-père éteignit enfin la télévision pour rentrer chez lui, il était minuit et demi.

J'allai me coucher, avec ma maison à moitié démolie et le moral à zéro.

C'est alors que j'entendis un bruit par la fenêtre...

C'était un pigeon voyageur, qui apportait un message de Zéro Zéro K pour moi.

J'ai à te parler !

Zéro Zéro K

Je décidai de l'appeler le lendemain matin, car il était trop tard maintenant.

Savoir ce qu'il avait à me dire !

# LE LENDEMAIN MATIN…

Le lendemain matin, au bureau, j'appris que mon équipe favorite avait *gagné*.

Tout le monde commentait joyeusement le match.

– Quel **BeaU** match de foot !

– C'était vraiment le match du SIÈCLE !

– Quelle victoire ASSOURISSANTE pour le Rattonia !

– Et toi, Geronimo, tu as aimé ce match ?

Je répondais tristement :

– Euh, en fait, je ne l'ai pas vu.

Pour me remonter le moral, j'annonçai à mes collaborateurs :

– Puisque le Rattonia a gagné, j'offre le petit-déjeuner : **cappuccino** et CROISSANTS pour tout le monde !

Mais il s'en fallut de peu que je ne m'étrangle : dans le croissant, il y avait une FEUILLE de papier enroulée... avec un message !

Tu m'appelles, oui ou non ?

Zéro Zéro K

J'allais l'appeler, quand mon grand-père entra à la rédaction comme une tornade.

– C'est quoi, ces réjouissances ? Allez, zou, tout le monde au travail !

ET QUE ÇA SAUTE, ET QUE ÇA SAUUUTE, ET QUE ÇA SAUUUUUUTE !

Nous entrâmes dans mon bureau et il ferma la porte à clef :

– Gamin, dans quelque temps doit se dérouler à Roquefort le plus important tournoi de golf de l'Île des Souris. Le vainqueur emportera la Super Ratocoupe : elle est en or massif, et un DIAMANT GÉANT d'une valeur inestimable y est enchâssé !

Je commentai :

– INTÉRESSANT, mais…

Grand-père chuchota :

– J'ai besoin que tu m'accompagnes, gamin ! Il faut que j'aie un *caddie\** qui porte mon sac de golf, qui ne raconte mes secrets de jeu à

*\*Caddie : celui qui porte les clubs du joueur. Mais c'est aussi un conseiller technique et stratégique pendant la compétition.*

personne, mais surtout sur qui je puisse compter, car on murmure... que *quelqu'un* s'apprête à jouer d'une manière déloyale.

– Grand-père, je t'accompagnerais volontiers, mais...

– Il n'y a pas de « mais » qui tienne, gamin, j'ai absolument besoin que tu VIENNES avec moi !

J'avais à peine accepté de l'accompagner *(je n'avais vraiment pas le choix)* que, d'un mouvement rapide, il bondit vers la porte.

Il me sembla qu'il riait sous ses moustaches !!!

– On se retrouve dans une heure à l'aéroport. Je t'ai déjà pris ton billet d'avion.

ET QUE ÇA SAUTE, ET QUE ÇA SAUUUTE, ET QUE ÇA SAUUUUUUTE !

Dans la confusion, j'oubliai complètement d'appeler Zéro Zéro K.

# EN VOYAGE
## AVEC GRAND-PÈRE !

Je courus préparer ma valise.

J'étais à peine arrivé chez moi que le téléphone sonna.

C'était grand-père :

– Gamin, dépêêêêêêche ! COURS à l'aéroport. Et prends un bagage léger, pas plus d'un kilo, et même moins. Je voulus protester, mais il avait déjà raccroché.

Une heure plus tard, je me présentai à l'AÉROPORT, avec une petite valise qui contenait l'essentiel, mais je ne vis pas mon grand-père.

Soudain, j'entendis une voix :

# – GAMIIN !

*Je suis là, gamin !*

Je regardai autour de moi : personne. Rien qu'une **MONTAGNE** de bagages dans un coin. Puis un museau apparut, une paire de lunettes grises et une paire de ≈moustaches≈ ...

– Je suis là, gamin ! Là !!!

# LES PORTE-BONHEUR
# DE GRAND-PÈRE HONORÉ

**CHOUETTE EN BOIS :**
ELLE PORTE CHANCE À GRAND-PÈRE,
MAIS PAS À SES ADVERSAIRES

**PHOTO DE SA GRAND-TANTE
CHACOLA :** C'EST ELLE
QUI LUI A FAIT AIMER LE GOLF

**PORTE-CLÉS AVEC LE NUMÉRO 18 :**
IL LUI A ÉTÉ OFFERT PAR SON ONCLE QUAND
IL A FAIT SON DIX-HUITIÈME TROU

**UNE BALLE DE GOLF
USÉE ET JAUNIE**

**PHOTO DU PREMIER
PROFESSEUR DE GOLF
D'HONORÉ**

**UNE COUPE D'ARGENT :**
LA PREMIÈRE COUPE
QU'IL A GAGNÉE

**UNE AUTRE COUPE
D'ARGENT :** LA DERNIÈRE
COUPE QU'IL A GAGNÉE

Je fus obligé de traîner cet énorme tas de bagages jusqu'au check-in\*, où l'employé nous fit payer une SUPERMÉGATAXE, parce que nous avions un surpoids de bagages !

C'est alors qu'un haut-parleur annonça :

– *MONSIEUR VAN DER KANKOÏE ATTEND MONSIEUR STILTON À LA PORTE D'EMBARQUEMENT POUR ROQUEFORT !*

À la porte d'embarquement, il n'y avait qu'un gars, *ou plutôt un rat,* qui lisait son journal. Du journal **dépassaient** les moustaches… C'était Zéro Zéro K !

Il murmura :

– J'ai une chose importante à te dire…

Mais mon grand-père m'entraîna :

– Vite ! Nous allons rater l'avion ! **HONORÉ TOURNEBOULÉ**, LE MYTHE VIVANT DU GOLF, ne peut pas rater l'avion.

Je n'eus que le temps de dire :

– Je t'appeeelle…

\***Check-in :** contrôle d'embarquement. Avant de monter dans l'avion, le passager doit faire contrôler son billet et remettre au comptoir ses bagages encombrants.

En m'éloignant, j'entendis Kornelius qui criait quelque chose, mais je compris seulement :

– ... **OOOLLLFFF !**

Qu'est-ce que ça pouvait bien vouloir dire ? Bah !

Dès que l'avion eut décollé, grand-père se mit à me harceler de réclamations.

– Gamin, s'il te plaît, demande à l'hôtesse un verre d'*eau* !!! ①

– Gamin, s'il te plaît, demande à l'hôtesse un *café* ② bouillant !!!

– Gamin, s'il te plaît, demande à l'hôtesse un journal !!! ③ Et dis-lui donc que c'est pour **HONORÉ TOURNEBOULÉ**, LE MYTHE VIVANT DU GOLF !

Et, si je tentais de m'assoupir, il me secouait :

– Gamin, tu ne vas tout de même pas perdre ton temps à dormir !

Il me fourra dans les pattes un *petit livre*, *Brève Histoire du golf,* et cria : ④

– Gamin, apprends-le par cœur, je t'interrogerai plus tard !

Quel horrible voyage !!!

# ABC DU GOLF

## HISTOIRE DU GOLF

Les origines du golf sont incertaines : ce sport s'est
d'abord répandu en Écosse, au 15ᵉ siècle, avec la fondation
du Royal and Ancient Golf Club de Saint Andrews,
puis, au 17ᵉ siècle, dans toute la Grande-Bretagne.
Il est arrivé en France au 19ᵉ siècle : le golf de Pau,
fondé en 1856, est le plus ancien d'Europe continentale.

## RÈGLES DU GOLF

Les règles du golf sont nombreuses et compliquées,
car elles dépendent en partie des caractéristiques
du terrain, des conditions ambiantes, des
« handicaps », c'est-à-dire des avantages ou
des désavantages qu'on attribue aux
joueurs.

Mais la première des règles est le fait
que chacun est l'arbitre de sa propre
partie, et c'est pourquoi il doit être
honnête et respectueux du jeu.

## TERRAIN DE GOLF

En général, les terrains de golf comptent 9 ou 18 trous positionnés à des distances variables. Chaque terrain est unique et présente des difficultés différentes. Entre l'aire de départ et le trou, la distance peut varier de 100 à 500 mètres.

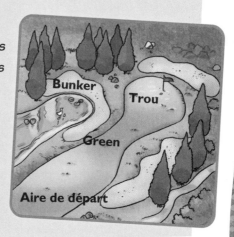

Bunker

Trou

Green

Aire de départ

## COMMENT ON JOUE AU GOLF

Le golf se pratique sur un terrain découvert. Le joueur doit envoyer une petite balle dans des trous, en utilisant différents types de cannes, les clubs, et avec le moins de coups possibles.

# À L'HÔTEL
# AVEC GRAND-PÈRE !

Quand, enfin, nous arrivâmes dans notre hôtel à Roquefort, j'étais tellement **FATIGUÉ** que je me jetai sur le lit et m'endormis tout habillé.

Le lendemain matin, je me réveillai à l'**AUBE** parce que grand-père ouvrit la fenêtre en grand et qu'une rafale d'air glacial entortilla mes moustaches. **BRRRRRRRR** ! Quel froid !

Grand-père Honoré, frais comme une rose, tonna :

— **DEBOUUUUUUUT !**

Commande-moi le petit-déjeuner ! Je veux un café bouillant, un jus de pamplemousse glacé et un petit croissant farci au gorgonzola ! Et... je t'en prie, n'oublie pas de dire que c'est pour ton grand-père **HONORÉ TOURNEBOULÉ**, LE MYTHE VIVANT DU GOLF !

Cinq minutes plus tard, il soupira :

– Pourquoi le petit-déjeuner n'est-il pas encore servi ? Rappelle-les !

– Mais il ne s'est écoulé que **5 minutes**, grand-père !

Quand le petit-déjeuner arriva, grand-père protesta :

– Rappelle-les tout de suite : le café était FROID, le jus avait un arrière-goût d'eau de vaisselle et le croissant était moisi ! Et je veux un journal, et fais repasser mon pantalon ! Et n'oublie pas de dire que c'est pour ton grand-père **HONORÉ TOURNEBOULÉ**, LE MYTHE VIVANT DU GOLF !

Puis il fallut protester parce que le journal était froissé et que le pantalon était mal repassé.

Glissé dans le journal, il y avait une feuille de papier.

*Mais enfin, appelle-moi !*

*Zéro Zéro K*

J'allais **téléphoner** à mon ami Zéro Zéro K, mais grand-père m'entraîna au-dehors : nous étions en retard pour aller au *GOLF* !

Quand nous descendîmes et passâmes devant la réception, tous les employés présents me **désignèrent** en chuchotant :

– Le voilà, c'est lui, *Geronimo Stilton*, celui qui

téléphone comme un malade, qui se plaint toujours de tout ! Tiens, il sort, il va au golf avec son grand-père ! Je les plains, ceux du TERRAIN DE GOLF… Je parie qu'il va se plaindre en disant que l'herbe n'est pas assez verte, que les trous ne sont pas assez grands et que le vent n'est pas assez frais !

J'avais honte !!!

Grand-père m'ordonna d'appeler un taxi :

– N'oublie pas de dire que c'est pour ton grand-père **HONORÉ TOURNEBOULÉ**, LE MYTHE VIVANT DU GOLF ! Et, s'il te plaît, dis-lui de se dépêcheeeeer !

# Au Golf, enfin !

Nous arrivâmes enfin au Terrain de Golf.

Grand-père sauta du **TAXI**, et il était si nerveux que ses moustaches se tortillaient lorsqu'il protesta auprès du chauffeur :

– Votre taxi PUE le pipi de chat, je ne vous donne pas de pourboire !

Le chauffeur démarra en trombe, hurlant :

– C'est la dernière fois que je prends des golfeurs ! La dernière !

La dernieeeeeeeeeeeere !

J'entrai dans le Club House, le bâtiment abritant le secrétariat, le bar, le restaurant et les vestiaires pour les joueurs et les joueuses.

Puis grand-père me conduisit dans une salle bourrée de systèmes d'*ALARME* et d'appareils de **sécurité** : caméras de surveillance, rayons infrarouges, détecteurs de mouvement. Au centre de la pièce se trouvait la plus grande COUPE que j'aie jamais vue : elle était en or massif, aussi haute et large qu'une souris, et portait l'inscription « SUPER RATOCOUPE DE ROQUEFORT - TOURNOI DE GOLF EN DOUBLE ». Un diamant très pur y était enchâssé, gros comme le poing d'un rongeur.

– Mais cette coupe doit avoir une VALEUR considérable !

Grand-père répondit, satisfait :

– Tu as vu toutes ces mesures de sécurité ? C'est la coupe la plus précieuse du monde et elle sera décernée aux deux vainqueurs du Tournoi de Golf en double. Mais, dans un an, les vainqueurs devront la rendre.

Il demanda, d'un air sévère :

– Si tu la gagnais, tu la RENDRAIS, n'est-ce pas ?

Elle est magnifique !

D'après la tradition, la Super Ratocoupe est remise chaque année au vainqueur du Tournoi de Golf en double, compétition qui se déroule à Roquefort depuis des décennies.

– Évidemment ! répondis-je. Je respecte toujours les **RÈGLES**, quel que soit le jeu ! Je suis un *noblerat* !

Il me donna une tape sur l'épaule.

– Bravo, gamin ! **RESPECTER** les règles du jeu, cela signifie respecter les autres joueurs et se respecter soi-même : l'honneur d'une souris n'a pas de prix.

À ce moment arrivèrent deux amis de grand-père : Soury Sourilien et Peter Holeinone, qui jouaient en **DOUBLE**.

Klondyke
MacMouse

– Et toi, Honoré, avec qui joues-tu ?
demanda l'un d'eux.

– Je dois jouer avec un vieil ami de
New York, Klondyke MacMouse,
qui vient à Roquefort exprès pour le
TOURNOI. D'ailleurs, je ne com-
prends pas pourquoi il n'est pas
encore arrivé...

À cet instant précis, son téléphone
portable sonna.

Grand-père PÂLIT et CRIA :

– Quoiquoiquoi ?

Puis il s'arracha les moustaches de désespoir :

– Tu as raté l'avion ??? Mais avec qui je vais
jouer, moi ?

C'est alors qu'il me fixa avec un regard
ENFLAMMÉ :

– C'est toi qui vas jouer à la place de Klondyke !
Quand tu étais jeune, tu étais un petit champion,
même si tu as arrêté de jouer ensuite, et d'ailleurs

je me demande bien pourquoi ! Tu étais un jeune espoir, le digne rejeton de ton grand-père **HONORÉ TOURNEBOULÉ**, LE MYTHE VIVANT DU GOLF.

Je protestai :

– Mais, grand-père, ça fait des années que je n'ai pas joué !

Puis, étant donné qu'il insistait beaucoup, je dis :

– Bon, je vais réfléchir.

# LE MYSTÈRE
# DE ZÉRO ZÉRO K

Tandis que je grignotais un sandwich au bar du Club House, *quelqu'un*, derrière une colonne, tendit la patte et me toucha l'épaule :
– Psssssssst !

Qui était-ce ??? C'était lui, Zéro Zéro K, mon ami agent secret !

Il murmura, toujours caché derrière sa colonne :

– Geronimo, voilà 24 heures que j'essaie de te **PARLER** !

Je m'excusai :

– Je te demande pardon, mais mon grand-père ne m'a pas laissé le temps de te rappeler. Qu'as-tu à me dire ?

Il sourit en soulevant sa lèvre d'un millimètre :

– Je voulais te dire… que j'avais besoin que tu vienne ICI ! Heureusement, tu es venu quand même !

J'étais surpris :

– Quoiii ? Tu voulais me demander de venir ICI ? Mais pourquoi ICI ?

– Geronimo, je suis ICI en mission secrète pour le Gouvernement de l'Île des Souris !

Des sources secrètes nous ont appris que l'**UN DES JOUEURS** projette de dérober la Super

Ratocoupe en or massif et son fameux DIAMANT GÉANT !

Il baissa encore un peu la voix :

– Il paraît qu'il veut la revendre aux CHATS PIRATES...

Je m'exclamai, scandalisé :

– C'est un sacré chenapan ! Comment puis-je t'aider ?

– Voici ce que tu dois faire. Je sais que le coéquipier de ton grand-père ne s'est pas présenté : tu vas JOUER à sa place en double avec Honoré. Comme ça, pendant que je ne quitterai pas la coupe des YEUX, tu surveilleras les joueurs et, si quelqu'un essaie de la voler... TCHAC, on le chope la main dans le sac ! En fait, ma sœur Véronik devait prendre part à la compétition, mais elle est tombée de ses TALONS AIGUILLES et s'est foulé une cheville !

J'étais stupéfait : Zéro Zéro K a toujours de drôles d'histoires à raconter.

# ZÉRO ZÉRO V

**NOM :** Véronik Van Der Kankoïe

**NOM DE CODE :** Zéro Zéro V

**PROFESSION :** agent secret pour le Gouvernement de l'Île des Souris.

**QUI EST-CE :** la sœur de Zéro Zéro K

**SIGNES PARTICULIERS :** elle porte toujours un délicat et mystérieux parfum

**CURIOSITÉ :** elle a une véritable passion pour le golf et... pour les vêtements de golf ! Elle a fait tous les magasins de Sourisia et de Roquefort pour trouver son sac de golf rose et sa petite tenue vert tendre.

– Quoi ? Ta sœur ? Les talons aiguilles ? La cheville ?

Il me demanda :

– Participe au tournoi, s'il te plaît !

– Mais cela fait des années que je n'ai pas joué au golf !

J'allais me **RIDICULISER** : je ne me souvenais de rien, si ce n'est que la BALLE avec laquelle on joue est ronde !

Mais il insista.

– Je t'en prie, Geronimo, je te le demande au nom de notre *amitié* !

Zéro Zéro K connaît mon point fAiBLe : je ne refuse jamais d'aider un ami en difficulté. Je promis donc de l'aider.

Il murmura :

– Merci, tu es un véritable ami !

Puis je remarquai :

– Je n'ai rien à me mettre.

Il ricana :

– Ne t'inquiète pas, je ferai déposer une tenue de golf pour toi dans les vestiaires.

Je retournai voir grand-père :

– Euh, finalement, j'ai soudain eu envie de participer à la compétition.

Il était ému :

– Bravo, gamin !

Alors *dépêche-toi* d'aller t'inscrire au Tournoi.

Puis *dépêche-toi* d'aller t'habiller !

Puis *dépêche-toi* d'aller prendre une LEÇON DE GOLF, pour ne pas trop me ridiculiser !

Enfin, *dépêche-toi* de te rendre au départ du TROU 1 !

## ET QUE ÇA SAUUUUUTE !

Je me dépêchai donc d'aller aux vestiaires des joueurs et je trouvai mes vêtements de golf, mais ils étaient… bizarres !

Je les examinai attentivement, assez PERPLEXE.

Puis je hurlai :

– Mais je ne peux pas porter… ces vêtements !

C'étaient ceux de Véronik, la sœur de Zéro Zéro K…

Voici ce que je trouvai :

1. Le maillot vert de Véronik Van Der Kankoïe (trop serré pour moi) !

2. Les chaussures de golf vertes de Véronik Van Der Kankoïe (trop petites pour moi) !

3. La casquette verte de Véronik Van Der Kankoïe (trop verte pour moi) !

4. Le sac de golf de Véronik Van Der Kankoïe avec ses clubs (trop courts pour moi) !

Conclusion : j'étais trop trop trop ridicule.

Je décidai de prendre part à la compétition dans mon costume de tous les jours et d'aller louer mes propres clubs. C'est que je tiens à l'*élégance* moi !

# Une leçon
# SUPERCONCENTRÉE

Quand je fus prêt *(façon de parler)*, j'allai voir le professeur de golf, un certain **SOURIL SOURIN**, qui me demanda poliment :

– Puis-je vous aider ?

Je répondis d'un trait :

– Ouisilvousplaît, jedoisparticiperàuntournoiavecmongrandpère, jesuisterriblementpressé, pourriezvousmedonneruneleçonsuperconcentrée ?

– Une leçon SUPERCONCENTRÉE ? balbutia-t-il.

Je criai :

– Vite faiiiiiiiit !

Le malheureux fit ce qu'il put, me fit tirer une centaine de balles, l'une après l'autre, en rafales, pour m'échauffer les **MUSCLES**.

Puis il me donna une tape sur l'épaule.

– Bonne chance ! Tu vas en avoir besoin…

Je me précipitai jusqu'au Trou numéro 1, mais je pâlis brusquement.

Devant moi, se tenait… **Sally Rasmaussen** !!!

La directrice de LA GAZETTE DU RAT, le journal concurrent de *l'Écho du rongeur* !

Avec elle, il y avait une petite vieille : sa grand-mère !!!

C'est elle qui, vingt ans plus tôt, avait fondé LA GAZETTE, à l'époque où mon grand-père avait lancé *l'Écho du rongeur* !!!

La grand-mère était une rongeuse très très SÈCHE avec des cheveux gris et une *verrue* sur la pointe du museau. Elle portait des lunettes aux verres épais comme la patte, derrière lesquels étaient cachés des petits yeux d'un bleu délavé.

Grand-père se présenta :

– Je suis **Honoré Tourneboulé**, LE MYTHE VIVANT DU GOLF !

Elle hurla, pleine d'agressivité :

– Et moi je suis Molly Rasmaussen LA LÉGENDE DU GOLF !

Quand je compris que j'allais disputer cette partie avec grand-père *(vous avez compris quel genre de rat c'est !)*, contre Sally *(elle se définit comme mon Ennemie Numéro Un !)* et sa grand-mère *(une épouvantable petite vieille !)*, je faillis m'ÉVANOUIR...

Puis j'essayai de me reprendre.

Je m'inclinai et fis un baisepatte à Molly.

Parce que, en toutes circonstances, je reste un noblerat !!!

# Carte de la Fédération des Golfeurs Rongeurs de l'Île des Souris

**Prénom** : Sally

**Nom** : Rasmaussen

**Surnom** : La Tigresse du Golf
Ses devises : « Sur le green, c'est moi qui commande ! »
« Gare à la maladie du caddie ! »
« Sage souris ne rate ni trou ni coup ! »

**Brève histoire personnelle** :
Elle a appris tous les secrets du golf de sa grand-mère Molly ! Si, dans la vie, elle est réputée pour son incorrection, au golf, elle n'admet pas les tricheries !
C'est une question d'étiquette !

# CARTE DE LA FÉDÉRATION DES GOLFEURS RONGEURS DE L'ÎLE DES SOURIS

**PRÉNOM** : Molly

**NOM** : Rasmaussen

**SURNOM** : La Légende du Golf

**SES DEVISES** :
« Tire au trou qui tire tout doux ! »
« Fête le soir, trou dans le noir ! »
« Qui dort n'a pas les yeux
en face des trous ! »

**BRÈVE HISTOIRE PERSONNELLE** :
Championne de golf, elle a conquis tous les greens de l'Île des Souris. Elle a remporté de nombreux trophées et a déclaré plusieurs fois qu'elle était prête à tout pour gagner la Super Ratocoupe. Mais elle n'y est jamais parvenue !

– Ravi de vous connaître, madame, ce sera un plaisir de jouer contre vous. Que le **MEILLEUR** gagne et…

Elle dégagea sa main de mes lèvres en me donnant une atroce *bagouzade* sur le museau d'un coup de l'énorme bagouze en or qu'elle avait à la patte :

– *Stounc !*

– C'est ma petite-fille Sally et moi qui allons GAGNER, au nom de La Gazette du rat ! Allez, joue, blanc-bec !

## JE VAIS T'APPRENDRE À JOUER AU GOLF, MOI !

Mon grand-mère ordonna, d'un ton menaçant :
– Gamin, nous devons défendre l'honneur de *l'Écho du rongeur*. Allez, joue, et gare à toi si tu PERDS !
*Par mille mimolettes*, pourquoi m'étais-je laissé entraîner dans cette aventure ?
*Pourquoi, pourquoi, pourquoi ???*

# CARTE DU TERRAIN DE GOLF

1. Entrée
2. Parking
3. Secrétariat
4. Bibliothèque
5. Terrain
6. Buvette
7. Vestiaires/Douches
8. Restaurant/Bar

# TROU 1

Avant de jouer, chaque joueur montra sa Ⓑ Ⓐ Ⓛ Ⓛ Ⓔ aux autres pour qu'on puisse les reconnaître pendant la partie et qu'on ne les confonde pas.

Je montrai la mienne : **LA VOICI !**

Molly Rasmaussen ôta ses lunettes pour examiner ma balle de près.

Bizarre!

Je jouai.

Grand-père joua.

Sally joua.

Molly joua…

Mais fit un faux mouvement et sa balle vint me frapper le crâne !

# SBOINGGGGGGGGG !

Soudain, je vis tout en noir et tombai à la renverse, comme une quille.

Au moment où je m'évanouissais, j'entendis la grand-mère de Sally **HURLER** :

– Geronimo Stilton ne peut pas continuer la compétition ! L'équipe de *l'Écho du rongeur* abandonne !

Mon grand-père cria :

– Allons donc, nous n'abandonnons pas !
Vite, qu'on apporte un seau d'**eau** ! Je vais aider
le gamin à reprendre connaissance !
Il m'aspergea d'eau glacée et je
**REVINS** à moi, mais la tête
me tournait comme une centrifu-
geuse et j'avais une bosse sur le crâne.

**MOLLY RICANAIT SOUS SES MOUSTACHES.**
**Bizarre !**

# TROU 2

Au TROU 2, ma balle se retrouva dans un
A R B R E séculaire.

Il me fallut monter dans l'arbre pour la jouer !

MOLLY RICANAIT SOUS SES MOUSTACHES.

Bizarre !

# TROU 3

Au TROU 3, ma balle se retrouva au milieu des **cactus** qui étaient plantés sur le green pour rendre le parcours plus difficile.

Je dus jouer au milieu des épines : à la fin, j'avais l'air d'une pelote **D'ÉPINGLES** !

J'aurais préféré abandonner, mais grand-père ordonna :

– Gamin, tant qu'il te reste du souffle… tu peux jouer !!!

**MOLLY RICANAIT SOUS SES MOUSTACHES.**

**Bizarre !**

# TROU 4

Au TROU 4, ma balle se retrouva dans un nid de GUÊPES. Je dus jouer à toute vitesse, tandis que les insectes me piquaient partout !

MOLLY RICANAIT SOUS SES MOUSTACHES. Bizarre !

# TROU 5

Au Trou 5, ma balle se retrouva au fond de l'un des obstacles du terrain de golf : le *bunker*, c'est-à-dire une fosse remplie de sable.

Chaque fois que j'essayais de la jouer, elle S'ENFONÇAIT un peu plus...

C'est ainsi que je fus bientôt recouvert de sable jusqu'aux moustaches !

MOLLY RICANAIT SOUS SES MOUSTACHES.

Bizarre !

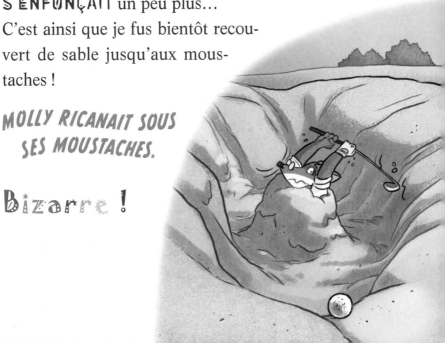

# TROU 6

Au TROU 6, ma balle se retrouva au beau milieu d'une... **BOUSE** de vache, juste à la limite du terrain de golf.

Quand je la jouai...

## spLASHHH !!!

Quelle odeur !

Je fus entouré d'un nuage de moucherons.

MOLLY RICANAIT SOUS SES MOUSTACHES.

Bizarre !

# TROU 7

Au TROU 7, je puais tellement que le Secrétaire de la Ligue des Rongeurs Golfeurs vint me demander de ME LAVER... car le vent transportait mon odeur jusqu'aux autres joueurs ! Grand-père m'arrosa avec un jet d'eau, me TREMPANT de la pointe des moustaches au bout de la queue.

MOLLY RICANAIT SOUS SES MOUSTACHES.

Bizarre !

# TROU 8

Au TROU 8, ma balle se retrouva de nouveau dans un arbre, mais, cette fois, dans un NID ! Je la cherchai en fouillant entre les oisillons... et je dus même jouer avec un *moineau* posé sur l'oreille.

MOLLY RICANAIT SOUS SES MOUSTACHES.

Bizarre !

# TROU 9

Au TROU 9, nous étions à mi-parcours.

Molly m'offrit un sandwich au triple *roquefort*.

J'étais surpris par cette générosité soudaine et j'acceptai en la **remerciant** gentiment.

Mais, cinq minutes après avoir mangé, je com-

Ça a l'air bon !

mençai à ressentir d'horribles gargouillis dans mon estomac. Je dus me *PRÉCIPITER* aux cabinets !

Mais quand j'essayai de ressortir, je m'aperçus que... la porte était **BLOQUÉE** !

*Quelqu'un* m'avait enfermé dedans !

Il me fallut **10** bonnes minutes pour sortir de là.

Tout le monde me regardait d'un air sévère.

– Quelle honte, on ne fait pas attendre ainsi ses partenaires !

J'essayai de me justifier :

– Mais je... le sandwich... *enfin* les CABINETS... *enfin* la porte...

Grand-père Honoré hurla :

– Allez, joue cette balle et qu'on n'en parle plus !

*MOLLY RICANAIT SOUS SES MOUSTACHES.*

Bizarre !

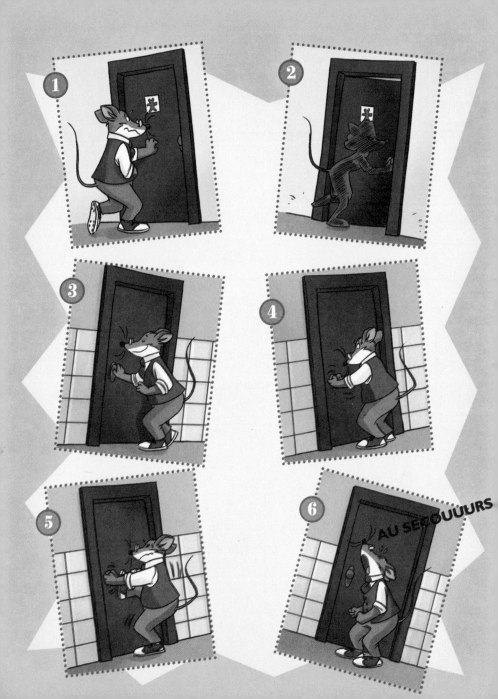

# TROU 10

Au TROU 10, j'eus d'**horribles** difficultés à jouer, car (toujours à cause du sandwich de Molly), je devais sans cesse me précipiter derrière un **BUISSON**, un rouleau de papier hygiénique à la main, tandis que grand-père criait :
– Allez, gamin, dépêche-toi, c'est à toi de jouer !

MOLLY RICANAIT SOUS SES MOUSTACHES.

Bizarre !

Bizarre !

# TROU 11

Pareil qu'au TROU 10 !

MOLLY RICANAIT SOUS SES MOUSTACHES.

Bizarre !

Bizarre !

Bizarre !

Bizarre !

Bizarre !

Bizarre !

Bizarre !

Bizarre !

# TROU 12

Pareil qu'au TROU 10 et au TROU 11 !

MOLLY RICANAIT SOUS SES MOUSTACHES.

Bizarre !

Bizarre !

Bizarre !

Bizarre !

Bizarre !

Bizarre !

Bizarre !

# Trou 13

Au Trou 13, ma balle tomba au milieu d'une flaque de **boue**. Grand-père gronda :
– Gamin, plonge et joue cette balle au fond de la flaque !
Je dus PLONGER.

Le fond était boueux et, quand je ressortis, je ressemblais au Monstre des Marais, avec une grenouille juchée sur ma tête.

MOLLY RICANAIT SOUS SES MOUSTACHES.

Bizarre !

# TROU 14

Au TROU 14, j'additionnai nos points et communiquai le RÉSULTAT à grand-père :
– Malgré tout, nous jouons très **BIEN** !
Il gronda :
– Gamin, ne dis pas cela, ça porte **MALHEUR** !
Je me corrigeai :
– Alors nous jouons très MAL !
– Ne dis pas cela non plus !
Je n'en pouvais plus.
– Mais alors comment jouons-nous ?
– Nous JOUONS, un point c'est tout ! Joue et tais-toi !
Ah, il m'en fallait, de la patience !

MOLLY RICANAIT SOUS SES MOUSTACHES.
Bizarre !

# TROU 15

Au TROU 15, quand je glissai la patte dans le  **trou** pour récupérer ma balle… je poussai un cri :

**– Aaaagh, un serpeeent !**

C'était un serpent en caoutchouc, quelqu'un avait voulu me faire une farce.

Savoir qui c'était…

**MOLLY RICANAIT SOUS SES MOUSTACHES.**

**Bizarre !**

# TROU 16

Au TROU 16, ma balle arriva jusqu'au bord du trou, puis repartit EN ARRIÈRE !

MOLLY RICANAIT SOUS SES MOUSTACHES.

Je commençais à trouver cela très bizarre ! Très bizarre !

# TROU 17

Au Trou 17, Zéro Zéro K me murmura :

– Il m'a fallu un peu de temps pour le
comprendre, mais, maintenant, j'en
suis sûr : *MOLLY TRICHE* !

J'étais stupéfait :

– Quoiquoiquoi ?

– Molly utilise une balle **truquée** !
Elle la dirige avec une télécommande, pour l'envoyer directement dans le trou ! **OBSERVE-LA**
bien !

Quand nous arrivâmes sur le green, la balle de Molly était très éloignée du trou.

C'est alors que je remarquai quelque chose de **bizarre** !

Molly ricanait sous ses moustaches.

Puis elle plongea la patte dans la poche de son pantalon. Elle farfouilla mystérieusement, comme si elle allumait quelque chose, puis j'entendis un bruit :

– **Clic !**

Puis elle joua.

Elle plongea de nouveau la patte dans sa poche et j'entendis :

_ **Bzzzzzzzzzzzzzzzzzz...**

Elle dirigeait la balle avec une TÉLÉCOMMANDE !

La balle se mit à rouler en direction du trou.

Elle tourna à droite, puis à gauche, zigzagua pour éviter une dépression du terrain, tourna autour du trou… et tomba dedans.

PLOINGGGGG !

# DES BALLES
# SUSPECTES

Grand-père, lui aussi, s'était aperçu qu'il y avait
quelque chose de bizarre et il me murmura à
l'oreille :

– Gamin, je n'ai jamais vu une **balle** avoir un
tel comportement !

C'est alors que mon ami Zéro Zéro K sortit de
derrière un ARBRE.

Il bondit vers le trou pour ramasser la balle et
la grand-mère de Sally Rasmaussen s'élança vers
la balle, mais il fut plus *RAPIDE*.

Zéro Zéro K leva la balle en l'air et le soleil la fit
étinceler.

Il dit :

– Maintenant, regardez tous attentivement. Vous
ne remarquez rien de BIZARRE ?

Je l'examinai. Elle avait l'air **normal**.

Mais je m'aperçus qu'elle émettait un très léger bourdonnement… on aurait dit qu'elle vibrait…

_Bzzz Bzzzzz Bzzzzzzzz…_

Zéro Zéro K ramassa *aussi* ma balle et dit :

– Vous ne remarquez rien de bizarre ?

Ma balle aussi avait l'air **normal**.

Mais je vérifiai bien la marque… le numéro… et je m'aperçus que ce n'était pas celle que j'avais choisie : quelqu'un avait échangé ma balle. Cette balle émettait un très léger bourdonnement… et on aurait dit qu'elle vibrait…

_Bzzz Bzzzzz Bzzzzzzzz…_

Zéro Zéro K s'écria avec fermeté :

– Grand-mère Rasmaussen, je vous prie maintenant de nous montrer le contenu de vos 🄿🄾🄲🄷🄴🅂 !

# AVEZ-VOUS COMPRIS QUEL EST LE SECRET DE MOLLY RASMAUSSEN ?

Voici ma balle originale... notez le numéro et la marque !

MARQUE ULTRATOP

NUMÉRO DE SÉRIE 131313

Cette balle n'émet pas de bourdonnement et ne vibre pas !

# MOLLY UTILISAIT DES
# BALLES RADIOGUIDÉES !

Voici la balle qu'elle avait
mise à la place...

MARQUE ULTRATRUC

NUMERO DE SÉRIE 83795648

Cette balle émet un
bourdonnement : bzzzzz

Elle hurla :

**– IL N'EN EST PAS QUESTION !**

Sally intervint :

– Non, grand-mère, non ! Alors ! Moi aussi, je veux tirer cela au clair. Sors ce que tu as dans la poche ! **NON MAIS ALORS !**

À contrecœur, Molly Rasmaussen obéit. Dans la poche droite, elle avait deux appareils : un avec un bouton ⓡⓞⓤⓖⓔ, l'autre avec un bouton ⓑⓛⓔⓤ. Sur le premier, était inscrit « M.R. ». Sur l'autre : « G.S. »

*Par mille mimolettes :* c'étaient ses initiales et les miennes !

Zéro Zéro K déclara d'un ton sévère :

– Voici les APPAREILS avec lesquels vous commandiez à distance *votre* balle, pour l'envoyer droit dans les trous... *et la balle de Geronimo,* pour l'envoyer N'IMPORTE OÙ, sauf dans les trous !

Puis il se tourna vers moi et expliqua :

– Voici pourquoi *ta* balle se retrouvait toujours dans des endroits bizarres, où elle était DIFFICILE à jouer !

Le public qui suivait la compétition gronda :

– Une balle radiocommandée !
Une balle radiocommandée !
Une balle radiocommandée !

Quelle honte !
Quelle honte !

# JE T'AI RECONNUE !
# TU ES...

Sally s'écria à son tour :

– Quelle honte ! Ça alors ! Je n'aurais jamais imaginé que ma grand-mère me fasse **HONTE** de cette façon ! Un terrain de golf est le seul endroit du monde où je respecte les règles, non mais alors ! **HONTE** sur toi, grand-mère Rasmaussen !

L'autre hurla :

– Toi, tais-toi ! Le golf, je m'en moque complètement ! Ce qui m'intéresse, c'est de **VOLER** la **SUPER RATOCOUPE** !

Sally regarda Molly, incrédule.

– Mais, grand-mère...

Molly hurla :

– Parce que tu n'as toujours pas compris qui je suis *vraiment* ?

C'est alors que Molly fit quelque chose qui nous étonna...

Elle arracha de son visage un masque de CAOUTCHOUC...

se REDRESSA d'un coup...

retira son DENTIER...

et même sa perruque...

puis, pivotant sur elle-même, elle jeta en l'air ses vêtements de petite vieille...

C'est alors seulement que je la reconnus.

Et je restai ahuri.

CE N'ÉTAIT PAS LA GRAND-MÈRE DE SALLY...

C'ÉTAIT OMBRE !

Savez-vous qui est Ombre ???

# OMBRE

**PRÉNOM :** Ombre

**NOM :** Rasmaussen

**QUI EST-CE :** C'est la cousine de Sally Rasmaussen.

**PROFESSION :** Ombre est la plus célèbre voleuse de Sourisia ; sans scrupule, elle est prête à tout pour s'enrichir.

**SIGNES PARTICULIERS :** Pour réaliser ses coups, elle change sans cesse de déguisement.

**CURIOSITÉ :** Pour se déguiser, elle utilise des masques de caoutchouc, des perruques et des dentiers... Mais, sous les vêtements les plus passe-partout, elle porte immanquablement sa combinaison noire de voleuse !

# OÙ EST
# LA PETITE VIEILLE ?

Avant que nous ayons pu réagir, Ombre s'enfuyait déjà vers un BOSQUET DE PINS, qui bordaient le Trou 17.

Elle COURAIT à toute vitesse !

Zéro Zéro K et moi nous nous élançâmes à sa poursuite, mais, avant que nous ayons pu l'atteindre, elle avait sauté à bord d'un *mini-hélicoptère* caché derrière les pins. En décollant, elle cria :

– Attrape-moi si tu peux, nigaud !

J'avais l'impression que l'injure « NIGAUD » s'adressait plus particulièrement à moi !

Mais c'est alors que je fus frappé par une autre pensée : si cette rongeuse était **OMBRE**... où était la **VRAIE** grand-mère de Sally Rasmaussen ?

Comme s'il avait lu dans mes pensées, Zéro Zéro K dit :

– Laissons filer Ombre... pour le moment ! Cherchons la petite vieille, elle pourrait être en danger !

Puis il baissa la voix :

– Retrouvons-nous ici, derrière ce buisson, après la compétition : je dois te parler de quelque chose de très important et de très **très secret** !

Je me hâtai vers le Club House, mais peu après, j'entendis encore sa voix :

– Eh, pssst, Geronimo !

Je regardai autour de moi, mais je ne vis PERSONNE. Je commençais à croire que j'avais rêvé, quand mon ami Zéro Zéro K sortit de derrière un **TRONC**.

– Eh, Ger, essaie de remporter le tournoi, d'accord ? Souviens-toi que, *eux*, ils t'ont à L'ŒIL !

Et n'oublie pas le rendez-vous : il faut que je te parle de cette chose SECRÈTE...

Qui étaient-
ils, *eux* ? De quoi devait me
parler mon ami Zéro Zéro K ?
Je décidai d'y réfléchir plus tard :
je devais d'abord **SAUVER** la grand-mère
de Sally !
Je courus jusqu'au Club House et me mis à
chercher partout, sous les escaliers, à la cave,
dans les toilettes, dans les vestiaires… en
criant :

-GRAND-MÈRE RASMAUSSEN ! MAMIE !

En passant devant la porte du placard à
balais, j'entendis un drôle de bruit
étouffé :

-Mmmmpf… mmmpeee !

J'ouvris la porte : ligotée et bâillonnée
dans un coin, c'était elle : la véritable
Molly Rasmaussen !

Quand je lui retirai son **BÂILLON**, je fus renversé par une avalanche de mots :

– Pourquoi ne m'avez-vous pas libérée plus tôt ? Si vous croyez que c'est amusant de rester pendant des heures et des heures enfermée dans un **CAGIBI** ? On ne traite pas les dames de cette façon, figurez-vous ! Et puis savez-vous que je dois remporter une très importante compétition ? Je dois **BATTRE** Honoré Tourneboulé, compris ? Je suis Molly Rasmaussen, la Légende du Golf, compris ?

J'eus bien du mal à lui libérer les pattes. Cependant, je lui expliquai que je ne cherchais qu'à l'aider :

– Madame Rasmaussen, soyez TRANQUILLE, tout est fini, je suis *Geronimo Stilton*, c'est moi qui...

Mais elle ne me laissa pas terminer :

– Jeune rongeur, vous avez dit *Geronimo Stilton* ?

Je m'attendais à ce qu'elle me remercie de l'avoir sauvée, et je répétai donc, en m'inclinant et en esquissant un impeccable baisepatte :

– Oui, c'est moi, Stilton, *Geronimo Stilton* !

– Le fameux Stilton, le directeur de *l'Écho du rongeur* ? Le petit-fils d'Honoré Tourneboulé ?

– Oui, madame, pour vous servir !

Alors elle m'assomma à coups de sac à patte :

– Ah, c'est toi ? Alors prends ça, et ça, et ça !

# TROU 18

Je fus obligé de décamper et de traverser le Club House en courant, tandis que j'essayais d'*expliquer* à Molly que ce n'était pas ma faute si elle avait été enfermée dans le placard, mais celle d'Ombre !

Cependant, je me dirigeais vers le **TROU n° 18**, car mon grand-père et moi devions terminer le **TOURNOI** pour être déclarés vainqueurs.

Heureusement, les juges de la compétition parvinrent à INTERCEPTER la terrible petite vieille et à lui expliquer tout ce qui s'était passé, y compris la **tricherie** d'Ombre.

Pour la première fois depuis une demi-heure, enfin, grand-mère Rasmaussen resta sans voix.

Quand j'arrivai au TROU 18, j'étais tellement épuisé, que j'avais la langue qui pendait, mais grand-père était encore FRAIS et dispos.

Je lui demandai :

– Grand-père, révèle-moi ton secret : comment fais-tu pour avoir autant d'énergie ?

Il me confia :

– C'est parce que je joue au golf : cela m'aide à rester toujours en FORME !

Une foule de joueurs s'était rassemblée autour du trou. Je m'aperçus avec surprise qu'il y avait là de nombreux rongeurs que je connaissais : ma sœur Téa, Farfouin Scouit, Chacal, Traquenard, Benjamin, Pandora et, naturellement... Patty Spring ! Il y avait aussi mon cousin DINO STILTON, (grand spécialiste des dinosaures), rentrant d'un important voyage d'étude.

Patty s'écria :

DINO STILTON

## _Bravo, Geronimo !

Je rougis : euh, j'ai un faible pour Patty Spring, mais ne le dites à personne, c'est un `secret` !
J'étais *très* ému !
Quand nous arrivâmes enfin sur le GREEN, ma balle était très éloignée du trou.
Honoré Tourneboulé me donna une tape sur l'épaule :
– Gamin, si tu parviens à mettre dans le MILLE...
nous avons gagné !
Je balbutiai :
– Mais, grand-père, je suis très loin du trou et...
– Pas d'excuses ! J'ai besoin d'une victoire !
Patty cria :

## _Alleeez, Geronimooo !

L'émotion était à son comble. Le public faisait silence, retenant son souffle.
Je me concentrai. Je fixai le trou si intensément que j'en avais les yeux qui LARMOYAIENT.

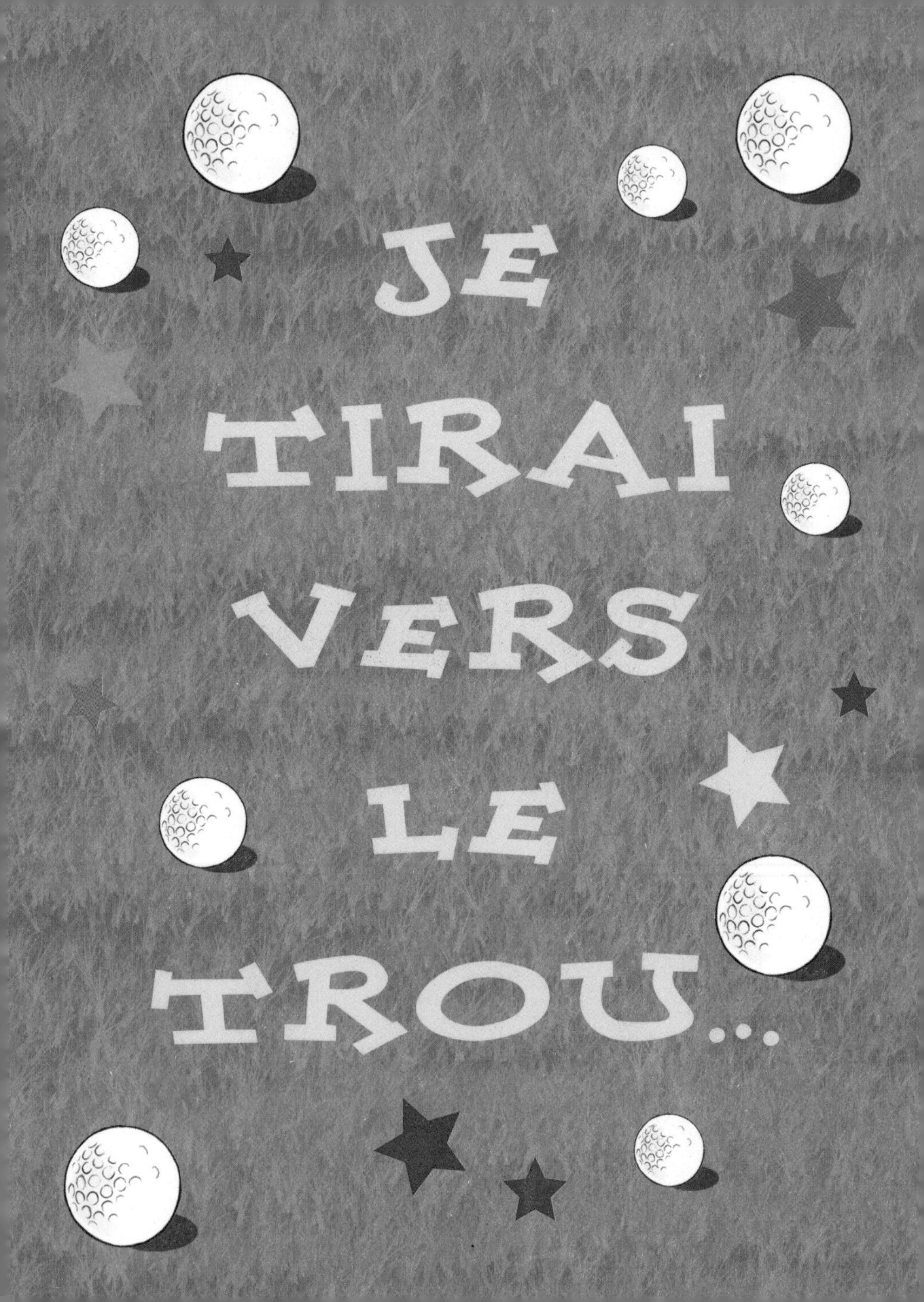
JE TIRAI VERS LE TROU...

Les pattes **tremblantes**, je mis le club de golf dans la bonne position...

Puis je tirai vers le trou...

La balle décolla en faisant : **PING** !

Elle *roula roula roula* vers le centre du green et mon cœur battait *fort fort fort,* parce qu'elle se dirigeait tout *droit droit droit* sur le trou... enfin, la balle entra dans le trou, en faisant : **PLOING** !

Grand-père improvisa une petite danse sur le green, en hurlant :

– *OUAIS OUAIS OUAIS* ! *BRAVO GAMIN* ! *ON A GAGNÉ* !

Patty Spring vint à moi en courant et en criant :

– Ooooh, G, je suis si fière de toi !

Puis elle me donna un baiser sur la joue.

*Je m'évanouis d'émotion.*

# LE SPORT UNIT
# TOUS LES RONGEURS

Quand le Président de la Ligue des Rongeurs Golfeurs nous remit la **SUPER RATOCOUPE**, j'annonçai :

– Je dédie la victoire au rongeur qui m'a fait découvrir l'**IMPORTANCE** du sport : Honoré Tourneboulé, mon grand-père !

Cependant, Molly marmonnait :

– Moi, je voulais remporter la coupe, compris ? Ce n'est pas pour rien qu'on m'appelle la Légende du Golf !

Grand-père s'exclama :

**_– BAS LES PATTES DE LA COUPE_** !

La Super Ratocoupe est à nous pendant une année.

Molly cria :

– Mais l'année prochaine, c'est ma petite-fille et moi qui gagnerons !

Sally se jeta sur moi :

– Ma mamie Molly et moi, on la voulait, cette coupe, non mais !

Les deux Rasmaussen furent discrètement *éloignées* du Club House :

– Mesdames, il faut avoir un minimum d'*esprit sportif*, dominez-vous un peu ! Apprenez à perdre avec classe !

Mais elles continuèrent à protester et on les entendait encore crier alors qu'elles étaient déjà loin.

– Je vais t'en montrer, de la CLASSE, moi, non mais !

– Nous ne nous laisserons pas faire, jeune rat, compris ? Je suis la Légende du Golf, compris ?

Je **SOURIS** :

– Telle petite-fille… telle grand-mère !

Nous allâmes tous au bar pour fêter notre victoire. Je me régalais d'avance en pensant aux spécialités du Club House.

MIAMMM ! J'avais une faim féline…

Je demandai à grand-père :

– Qu'est-ce que tu me conseilles ?

Il me fit un clin d'œil :

– Voyons voir… Je te conseille de prendre…
*des leçons de golf, gamin* !

Nous éclatâmes de rire, tous
ensemble, dans un cercle chaleureux
de joie, d'affection, d'amitié.

C'est alors que je **mordis** ma délicieuse tar-
tine du golfeur, une spécialité du Club House à
base de *fromage* et de *légumes* et… que je
trouvai sous mes dents un message de mon ami
Zéro Zéro K.

Je me cachai derrière une colonne pour le lire. Il
disait :

N'oublie pas le
rendez-vous !

Zéro Zéro K

# UN RENDEZ-VOUS TRÈS SECRET, ET MÊME ARCHISECRET !

Cette fois, je ne voulais pas faire attendre mon ami. C'est ainsi que j'inventai une excuse pour sortir et j'allai rejoindre Zéro Zéro K à l'endroit où nous nous étions donné *rendez-vous*.

Quand j'arrivai, je ne vis personne.

Je regardai autour de moi *étonné*, mais je ne vis que des buissons bien taillés et des arbres verts.

Il n'y avait pas de *trace* de mon ami.

C'était bizarre, il avait tant insisté, que pouvait-il donc bien avoir à me dire ?

*Quoi donc ?*

*Quoi donc ??*

*Quoi donc ???*

J'allais repartir quand une patte m'attrapa par le col et **me tira** dans un buisson.

Je protestai :

– Kornelius, tu n'aurais pas pu, pour une fois, me donner rendez-vous et **me parler** comme tous les rongeurs normaux ? Est-il vraiment nécessaire de toujours faire des **mystères** ?

– C'est nécessaire, c'est nécessaire et... il vaudrait mieux que tu t'y habitues !

– Qu'est-ce que ça veut dire ?

– Ça veut dire que tu as réussi l'examen !

– Quel **examen**, excuse-moi, je ne me suis inscrit à aucun examen...

– Tu ne le savais pas, mais tu passais quand même un examen. *Ils* t'ont observé et *ils* ont jugé que tu faisais l'affaire, et même que tu faisais *parfaitement* l'affaire.

Puis il m'embrassa avec émotion, en me broyant dans ses pattes **MUSCLÉES**.

Je criai :

– Ça suffit ! Qui sont-*ils* ? Et *ils* ont jugé que je faisais *parfaitement* l'affaire… pour quoi ?

Il me fit *toc toc* sur le front :

– Mais tu n'as pas encore compris ? Désormais, tu est `Agent Secret` ! *Ils,* ce sont les chefs des P.S.S.S.T. *(Puissants Services Secrets Sourisiens Top-secrets)* ! Ton nom de code sera Zéro Zéro G !

– Mais je ne crois pas être le gars, *ou plutôt le rat,* qui convient…

Il répliqua d'un ton sévère :

– Tu ne peux pas refuser ! C'est un honneur de **DÉFENDRE** l'Île des Souris contre les méchants !

Je fus obligé d'accepter.

Que pouvais-je faire d'autre ?

Depuis ce jour, de temps en temps, aux moments où je m'y attends le moins, je reçois les **MYSTÉRIEUX MESSAGES** de Zéro Zéro K et je suis catapulté dans de mystérieuses **AVENTURES** à vous couper le souffle (*et dans d'épuisants programmes d'entraînement*) !

Mais, tout cela, je vous le raconterai une autre fois, parole de rongeur !

# SAURAIS-TU
# JOUER AU GOLF ?

Et maintenant, c'est à toi : saurais-tu jouer au golf ?
Réponds aux questions et note tes réponses
sur une feuille de papier.
Puis retourne le livre et vérifie que tu as bien répondu !

## 1 Pendant qu'un autre joueur joue, tu dois :

a) faire silence pour ne pas le perturber
b) le chatouiller
c) lui raconter des blagues pour l'amuser.

## 2 Combien de trous peut-il y avoir sur un terrain de golf :

a) quatre ou vingt trous
b) neuf ou dix-huit trous
c) sept ou trente-deux trous.

### 3 ▶ Au golf :

a) chacun est son propre arbitre
b) il existe un arbitre
c) il existe une foule d'arbitres.

### 4 ▶ Au golf...

a) il n'y a pas de règles du jeu
b) il existe des règles du jeu très précises
c) on peut changer les règles en jouant.

### 5 ▶ Où et quand le golf a-t-il été inventé ?

a) en Écosse au XVᵉ siècle
b) en France au XXᵉ siècle
c) en Italie au XVIᵉ siècle

**SOUVIENS-TOI** :

*Il existe forcément un sport fait pour chacun d'entre nous. Peu importe celui que l'on choisit, pourvu qu'il nous plaise et nous convienne ! Le sport, c'est une école d'amitié... à Sourisia et dans le monde entier !*

# TABLE DES MATIÈRES

CE JOUR-LÀ... 7

SBANG !!! 14

LE LENDEMAIN MATIN... 24

EN VOYAGE AVEC GRAND-PÈRE ! 28

À L'HÔTEL AVEC GRAND-PÈRE ! 36

AU GOLF, ENFIN ! 40

LE MYSTÈRE DE ZÉRO ZÉRO K 46

UNE LEÇON SUPERCONCENTRÉE 54

TROU 1 64

TROU 2 68

TROU 3 69

TROU 4 70

TROU 5 71

TROU 6 72

TROU 7 73

| | |
|---|---|
| TROU 8 | 74 |
| TROU 9 | 75 |
| TROU 10 | 78 |
| TROU 11 | 79 |
| TROU 12 | 80 |
| TROU 13 | 81 |
| TROU 14 | 82 |
| TROU 15 | 83 |
| TROU 16 | 84 |
| TROU 17 | 85 |
| DES BALLES SUSPECTES | 88 |
| JE T'AI RECONNUE ! TU ES... | 94 |
| OÙ EST LA PETITE VIEILLE ? | 97 |
| TROU 18 | 102 |
| LE SPORT UNIT TOUS LES RONGEURS | 108 |
| UN RENDEZ-VOUS TRÈS SECRET, ET MÊME ARCHISECRET ! | 112 |
| QUIZ: SAURAIS-TU JOUER AU GOLF ? | 116 |

## Geronimo Stilton

# DANS LA MÊME COLLECTION

1. Le Sourire de Mona Sourisa
2. Le Galion des chats pirates
3. Un sorbet aux mouches pour monsieur le Comte
4. Le Mystérieux Manuscrit de Nostraratus
5. Un grand cappuccino pour Geronimo
6. Le Fantôme du métro
7. Mon nom est Stilton, Geronimo Stilton
8. Le Mystère de l'œil d'émeraude
9. Quatre Souris dans la Jungle-Noire
10. Bienvenue à Castel Radin
11. Bas les pattes, tête de reblochon !
12. L'amour, c'est comme le fromage...
13. Gare au yeti !
14. Le Mystère de la pyramide de fromage
15. Par mille mimolettes, j'ai gagné au Ratoloto !
16. Joyeux Noël, Stilton !
17. Le Secret de la famille Ténébrax
18. Un week-end d'enfer pour Geronimo
19. Le Mystère du trésor disparu
20. Drôles de vacances pour Geronimo !
21. Un camping-car jaune fromage
22. Le Château de Moustimiaou
23. Le Bal des Ténébrax
24. Le Marathon du siècle
25. Le Temple du Rubis de feu
26. Le Championnat du monde de blagues
27. Des vacances de rêve à la pension Bellerate

28. **Champion de foot !**
29. **Le Mystérieux Voleur de fromages**
30. **Comment devenir une super souris en quatre jours et demi**
31. **Un vrai gentilrat ne pue pas !**
32. **Quatre Souris au Far-West**
33. **Ouille, ouille, ouille... quelle trouille !**
34. **Le Karaté, c'est pas pour les ratés !**
35. **L'Île au trésor fantôme**
36. **Attention les moustaches... Sourigon arrive !**
37. **Au secours, Patty Spring débarque !**
38. **La Vallée des squelettes géants**
39. **Opération sauvetage**
40. **Retour à Castel Radin**
41. **Enquête dans les égouts puants**
42. **Mot de passe : Tiramisu**
43. **Dur dur d'être une super souris !**
44. **Le secret de la momie**


- **Hors-série**
  **Le Voyage dans le temps (tome I)**
  **Le Voyage dans le temps (tome II)**
  **Le Royaume de la Fantaisie**
  **Le Royaume du Bonheur**
  **Le Secret du Courage**
  **Énigme aux jeux Olympiques**


- **Téa Sisters**
  **Le Code du dragon**
  **Le Mystère de la montagne rouge**
  **La Cité secrète**
  **Mystère à Paris**
  **Le Vaisseau fantôme**

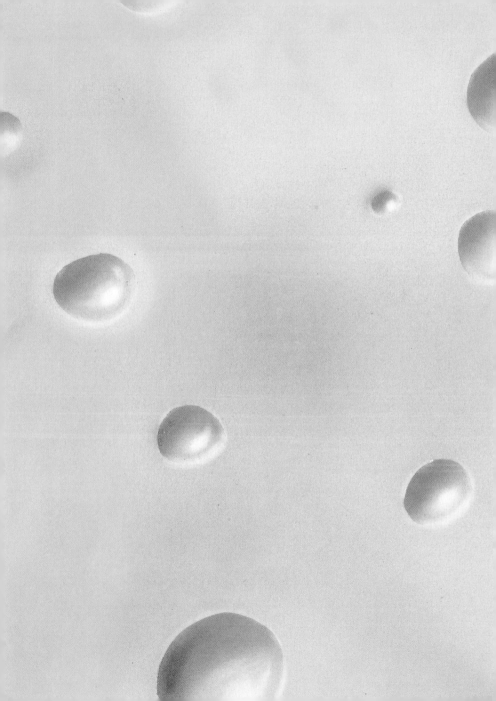

**L'Écho du rongeur**
1. Entrée
2. Imprimerie (où l'on imprime les livres et le journal)
3. Administration
4. Rédaction (où travaillent les rédacteurs, les maquettistes et les illustrateurs)
5. Bureau de Geronimo Stilton
6. Piste d'atterrissage pour hélicoptère

# Sourisia, la ville des Souris

1. Zone industrielle de Sourisia
2. Usine de fromages
3. Aéroport
4. Télévision et radio
5. Marché aux fromages
6. Marché aux poissons
7. Hôtel de ville
8. Château de Snobinailles
9. Sept collines de Sourisia
10. Gare
11. Centre commercial
12. Cinéma
13. Gymnase
14. Salle de concerts
15. Place de la Pierre-qui-Chante
16. Théâtre Tortillon
17. Grand Hôtel
18. Hôpital
19. Jardin botanique
20. Bazar des Puces-qui-boitent
21. Parking
22. Musée d'Art moderne
23. Université et bibliothèque
24. La Gazette du rat
25. L'Écho du rongeur
26. Maison de Traquenard
27. Quartier de la mode
28. Restaurant du Fromage d'or
29. Centre pour la Protection de la mer et de l'environnement
30. Capitainerie du port
31. Stade
32. Terrain de golf
33. Piscine
34. Tennis
35. Parc d'attractions
36. Maison de Geronimo Stilton
37. Quartier des antiquaires
38. Librairie
39. Chantiers navals
40. Maison de Téa
41. Port
42. Phare
43. Statue de la Liberté

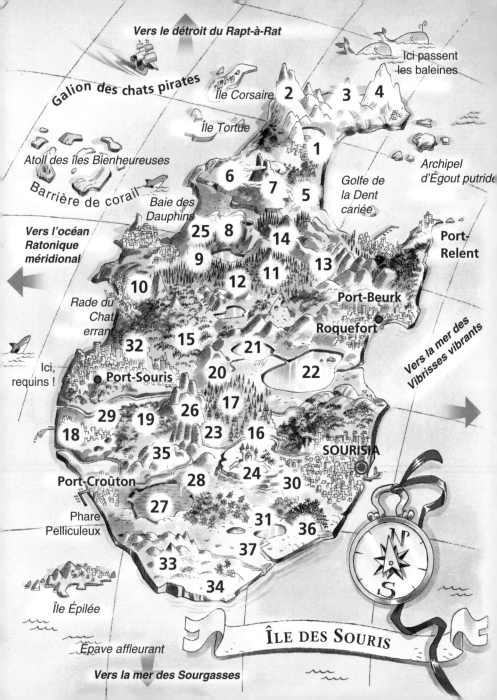

# Île des Souris

1. Grand Lac de glace
2. Pic de la Fourrure gelée
3. Pic du Tienvoiladéglaçons
4. Pic du Chteracontpacequilfaifroid
5. Sourikistan
6. Transourisie
7. Pic du Vampire
8. Volcan Souricifer
9. Lac de Soufre
10. Col du Chat Las
11. Pic du Putois
12. Forêt-Obscure
13. Vallée des Vampires vaniteux
14. Pic du Frisson
15. Col de la Ligne d'Ombre
16. Castel Radin
17. Parc national pour la défense de la nature
18. Las Ratayas Marinas
19. Forêt des Fossiles
20. Lac Lac
21. Lac Lac Lac
22. Lac Laclaclac
23. Roc Beaufort
24. Château de Moustimiaou
25. Vallée des Séquoias géants
26. Fontaine de Fondue
27. Marais sulfureux
28. Geyser
29. Vallée des Rats
30. Vallée Radégoûtante
31. Marais des Moustiques
32. Castel Comté
33. Désert du Souhara
34. Oasis du Chameau crachoteur
35. Pointe Cabochon
36. Jungle-Noire
37. Rio Mosquito

Au revoir, chers amis rongeurs, et à bientôt
pour de nouvelles aventures.
Des aventures au poil, parole de Stilton, de…

# Geronimo Stilton